petit roman

Du même auteur, dans la même collection :

Stéphane Daniel
Illustrations de Christophe Besse

LA FILLE DU CHEVALIER
TÊTENLÈRE

RAGEOT

ISBN : 978-2-7002-3738-2
ISSN : 1965-8370

Joyeux anniversaire!

Viviane attrape son luth et le pose sur ses genoux. Cet instrument lui a été offert par un ménestrel de retour d'Espagne.

Elle pince les cordes, une douce mélodie s'en échappe, qu'elle accompagne en fredonnant.

La jeune fille est soucieuse. Elle vient d'atteindre l'âge où, chez les Têtenlère, on doit se marier. D'un instant à l'autre, elle va rejoindre ses parents pour programmer cet événement.

Mais ce mariage, Viviane n'en veut pas. En tant que princesse, elle doit épouser un chevalier. Or c'est un écuyer qu'elle aime, Gauvain. En attendant qu'il devienne chevalier, elle doit faire en sorte que ce mariage soit repoussé.

Elle a imaginé un plan imparable.

Quand elle est sûre du moindre détail, elle rejoint la salle du trône où l'attendent Rose et Thibaud Têtenlère.

– Ma fille, déclare son père après l'avoir embrassée, les années ont passé, tu n'es plus une enfant. Dans la famille, la tradition veut que tu sois capturée par un brigand, une bestiole malfaisante, un dragon par exemple, et que tu épouses le chevalier qui te délivrera. Qu'en dis-tu?

– Et pour être capturée, je dois faire quoi ?

– Rien de compliqué. Te promener dans un lieu plein de dangers et attendre !

Viviane hésite :

– Je ne suis pas emballée par l'idée d'être enlevée.

– Ah bon ? s'étonne son père. Mais comment un courageux chevalier pourrait-il te délivrer si personne ne te capture ?

– Et si je choisissais moi-même ce chevalier ? Ça changerait un peu, non ? Je pourrais imaginer des épreuves.

Un court silence accueille cette proposition. Rose glisse à Thibaud :

– Ce n'est pas une mauvaise idée. Le hasard m'a jetée dans tes bras, mais rien ne prouve que notre fille aura autant de chance.

– D'accord ! déclare Thibaud. Des tournois permettront d'ici quelques jours de sélectionner les champions qui s'affronteront ensuite dans la cour du château. Mais attention, ma fille, tu dois t'engager à épouser le vainqueur, même s'il s'agit du Prince Noir !

Le Prince Noir est un chevalier connu pour sa brutalité. Il vit à une demi-journée du château Fier.

– Je crois en ma bonne étoile, répond Viviane.

À tire d'ailes

De retour dans sa chambre, Viviane se sent soulagée. L'image de son Gauvain adoré envahit son esprit.

Elle a rencontré ce jeune écuyer à l'occasion d'une grande chasse qui réunissait les chevaliers de la région. Au premier regard échangé, leurs cœurs ont battu à l'unisson.

Le maître de Gauvain est le Prince Noir, et il refuse de faire de lui son égal. Mais Viviane pourra attendre, car grâce à son plan le vainqueur du tournoi refusera de l'épouser…

Une Têtenlère prévoit tout !

Viviane trempe sa plume dans un encrier et commence à rédiger le message dont elle aura besoin pour que son plan s'accomplisse.

Messeigneurs, j'ai décidé d'épouser,
cet homme que le sort désigne
sachant que son armure abrite
un noble écuyer. Le mariage
sera prononcé avec celui qui aura
ce parchemin en main et le lira

Viviane Têtenlère

puisqu'il est plein d'ardeur et de courage,
dans la cour du château Fier. Je m'y engage,
un vaillant chevalier secondé par
sera la récompense de ses efforts et de son engagement, il
lorsque s'achèvera l'ultime épreuve
S'il refuse le mariage, nous respecterons son choix.

Abandonnant le parchemin sur sa table, elle guette rêveusement par la fenêtre l'arrivée du messager ailé qui lui porte chaque soir des nouvelles de son Gauvain adoré.

Deux semaines s'écoulent pendant lesquelles quatre tournois sont organisés par Thibaud Têtenlère. Les quatre vainqueurs sont attendus le lendemain au château Fier.

Dans sa chambre, Viviane, qui n'a pas cherché à connaître leur identité, reste sereine.

Soudain, elle entend le bruit d'un battement d'ailes. Elle tourne son regard vers la fenêtre. Sur le rebord se pose un pigeon qui frotte ses plumes en roucoulant. Le cœur de Viviane s'affole.

– Têtenplume ! s'écrie-t-elle. Te voilà enfin !

Elle s'approche de l'oiseau et décroche avec douceur le parchemin attaché à sa patte. C'est un mot de son cher Gauvain !

Viviane, je tremble pour vous, mon aimée !
Le Prince Noir a rendu visite aux trois autres
vainqueurs des tournois et il les a menacés du pire
s'ils se présentaient aux épreuves que vous allez
choisir. Il sera le seul prétendant. Nous sommes
perdus... Je suis au désespoir !

Gauvain

Aussitôt, Viviane se précipite vers son plumier et lui répond.

Gauvain, cher amour,
Ne soyez pas inquiet, ces épreuves ne sont des épreuves que pour nous. Faites-moi confiance, c'est vous que j'aime et c'est vous que j'épouserai.

Viviane

Elle plie son parchemin. Au moment de le confier à Têtenplume qui attend sur le rebord, elle entend frapper à sa porte.

Deux épreuves plus une

Son père pénètre dans la chambre, un panier bien rempli au bout de chaque bras. Viviane, perplexe, hausse les sourcils sans rien dire.

– Oui, je reviens du village, annonce Thibaud Têtenlère, ta mère m'a envoyé faire des courses.

Il s'interrompt un instant en tapotant sa poitrine.

– J'ai gardé là sa liste de dix pieds de long ! Elle a toujours peur que j'en oublie la moitié, je ne sais pas pourquoi. Je voulais te demander : tu as pensé aux épreuves de demain ?

– Ce sera simple, père. Il est inutile de mesurer l'adresse et l'endurance des chevaliers, ils les ont prouvées pendant les tournois. J'ai pensé à deux épreuves. Premièrement, effectuer un tour de la cour sur Brûle-Sabots, mon cheval.

– Bon courage ! lance le chevalier Têtenlère en posant ses paniers. Si je ne m'abuse, personne d'autre que toi ne l'a jamais monté.

– Justement, c'est un test ! Ensuite, une démonstration de luth.

– Original.

– On peut exiger de ces chevaliers un peu de grâce et de légèreté. Enfin, si plusieurs prétendants se retrouvent à égalité, une dernière épreuve les départagera. Je me suis engagée à épouser le vainqueur sur un parchemin. Nous le cacherons en forêt de Mortbois, dans la tanière du dragon que mon frère Lancelot a combattu quand il était jeune. Les chevaliers devront le trouver et le rapporter.

– Ton frère ?

– Non, le parchemin.

– Tant mieux, parce que Lancelot est alité. Il s'est planté une flèche dans le pied en tirant une perdrix.

– Il m'a prévenue.

– Je n'ai plus qu'à préparer mon annonce, dit Thibaud Têtenlère.

– Ce n'est pas fini, père ! le retient Viviane. J'exige de rester dans ma chambre pendant les épreuves.

Elle tousse et reprend :

– Ma présence risque de distraire les concurrents. Enfin, il faut que les chevaliers s'affrontent avec le heaume baissé.

– Si c'est le cas, s'étonne son père, personne ne verra à quoi ils ressemblent ! Et ta mère en a très envie ! Pas toi ?

– Le physique d'un chevalier n'a pas d'importance. Seule compte la pureté de son cœur !

– Tu as raison.

Sur ces mots, Thibaud Têtenlère récupère ses paniers.

– Et le parchemin ? l'arrête Viviane. Il faudra envoyer quelqu'un le cacher dans l'antre du dragon.

– Je m'en charge, ne t'inquiète pas.

Thibaud se dirige vers la porte.

– Père ?

– Oui ? dit-il en se retournant encore.

– Vous n'oubliez rien ?

– Quoi ?

– Le parchemin !

Viviane le ramasse sur son bureau et le tend à son père qui le glisse sous sa chemise et sort.

Aussitôt, Viviane accroche à la patte du pigeon voyageur la lettre qu'elle a préparée pour Gauvain. Elle le soulève, pose un baiser au sommet de sa tête et le lance dans le vide.

– Vole, Têtenplume ! dit-elle pour l'encourager. Va rassurer l'écuyer de mon cœur !

En selle !

Dans la cour du château, Thibaud Têtenlère et la princesse Rose trônent sur deux fauteuils installés en haut d'une estrade.

– Faites entrer les preux chevaliers ! ordonne Thibaud.

Les portes du château s'ouvrent.

À la stupéfaction générale, seules deux personnes les franchissent : un gigantesque chevalier vêtu de noir, suivi de son écuyer portant un écu, noir lui aussi.

– Bien le bonjour ! dit-il. Je suis le Prince Noir. Et je crois que nous n'aurons pas besoin de la journée pour trouver un mari à votre fille !

– Mais… où sont les autres ? s'étonne Thibaud Têtenlère.

– Ils ont trouvé mieux à faire, répond le Prince Noir. Il ne vous reste plus qu'à me déclarer vainqueur par abandon ! Où est la jolie princesse ?

– Ce n'est pas… ce qui était prévu ! bafouille Thibaud.

– Si ! gronde le Prince Noir.

– Attendez !

Quatre têtes se tournent vers l'endroit d'où l'ordre a claqué. Franchissant les portes du château, une silhouette s'approche, celle d'un chevalier inconnu. Sur son armure argentée flotte une tunique blanche. Il a fière allure…

Jusqu'à ce qu'il arrive à la hauteur du Prince Noir, qui le domine d'une bonne tête.

– Qui t'es, toi, petit bonhomme ? lui demande le Prince Noir.

– Je suis le Prince Blanc et je te défie ! répond l'arrivant.

– Très bien, messeigneurs ! les interrompt Thibaud. Commençons, voulez-vous !

Il lève un bras. Dans le fond de la cour, un palefrenier sort des écuries en tenant la bride d'un superbe cheval à la robe blanche et à la crinière peignée.

– Vous montez sur cet animal, et vous faites un tour de cour, explique Thibaud.

– C'est tout ? s'étonne le Prince Noir.

– C'est tout.

– Tu parles d'une épreuve !

– Je commence, dit le Prince Blanc.

Il s'approche du cheval, le flatte du plat de la main.

Thibaud Têtenlère se penche vers Rose et chuchote :

– J'espère qu'il a appris à voler, ça pourrait lui servir…

Le Prince Blanc se met en selle. L'animal ne bronche pas. Le cavalier lui pique les flancs et se lance dans un galop maîtrisé.

Une minute plus tard, il a accompli son tour de cour.

– À vous de jouer, dit le Prince Blanc en tendant les rênes au Prince Noir. Ce cheval est doux comme un agneau.

Thibaud et Rose le fixent, médusés.

– Si je m'attendais ! souffle le premier.

Le Prince Noir monte sur l'animal, qui ne réagit toujours pas.

– Il faut faire le tour complet de la cour, précise Thibaud.

– On y va ! lance le Prince Noir.

À ce moment, le Prince Blanc lève un bras. Et le cheval, d'une phénoménale ruade, envoie le Prince Noir mordre la poussière en produisant le bruit d'une batterie de casseroles jetées du haut d'un escalier.

Son écuyer se précipite.

– Ne me touche pas, Gauvain ! hurle le Prince Noir, vexé. Je n'ai pas besoin d'aide !

Thibaud descend de l'estrade et, couvrant les vociférations du Prince Noir, déclare :

– Le vainqueur de cette première épreuve est le Prince Blanc. Après quelques minutes de repos, vous nous rejoindrez pour la deuxième épreuve.

Gauvain observe le Prince Blanc qui s'éloigne.

Puis il lève les yeux vers la chambre de Viviane, espérant l'apercevoir à la fenêtre.

Mais en vain.

On ne peut pas lutter

Le **Prince Blanc** s'enferme dans la cuisine. Il soulève son heaume, révélant le visage de… Viviane.

Tout se passe comme prévu. Elle doit encore gagner une épreuve, et elle pourra annoncer que le Prince Blanc (c'est-à-dire elle-même) renonce au mariage.

Quand Gauvain sera chevalier, ils se marieront.

Elle sourit à l'évocation de ce bonheur prochain. Puis éclate de rire en pensant au Prince Noir lorsque son père lui posera un luth sur les genoux en lui demandant de leur jouer un petit air.

Un roulement de tambour annonce le début de la deuxième épreuve.

Viviane coiffe son heaume et redevient le Prince Blanc en regagnant la cour. Tandis qu'elle s'approche de l'estrade, elle remarque qu'on a tracé un cercle sur le sol. Drôle d'idée.

Gauvain lui semble soucieux. « A-t-il bien reçu le message de Têtenplume ? » s'inquiète-t-elle.

– Bon, alors, on reprend ? s'impatiente le Prince Noir. Quel est le programme ?

– Messeigneurs, déclare Thibaud Têtenlère, ma fille a souhaité que vous nous fassiez une démonstration de lutte. Vous voyez ce cercle tracé au sol ? Vous devez repousser votre adversaire en dehors. Si c'est lui qui vous éjecte, vous avez perdu.

– Excusez-moi, vous êtes sûr que la princesse Viviane a parlé de « lutte » ? demande le Prince Blanc qui tente de rendre sa voix la plus grave possible.

– Oui, elle a dit « lutte », affirme Thibaud. Elle a même précisé qu'elle aimait la lutte parce que c'était gracieux et léger. Cela vous pose un problème de lutter, chevalier ?

– Non, s'étrangle le Prince Blanc. Mais vous êtes certain qu'elle n'a pas parlé plutôt de jouer « du » luth ?

– J'en doute. Dans tout le royaume, personne ne sait en jouer, sauf elle !

Les deux combattants ont à peine pénétré à l'intérieur du cercle que le Prince Noir pousse un rugissement de grizzli et s'avance, poings en avant.

Le Prince Blanc, qui sait n'avoir aucune chance de gagner, recule et s'assoit tranquillement hors du cercle.

– Bravo, vous êtes le plus fort ! admet-il, les fesses dans la poussière.

– Mais je ne vous ai pas touché. Je m'étonne moi-même ! déclare le Prince Noir.

– Prince Noir, vainqueur ! lance Thibaud, surpris par la fin de la confrontation. Égalité, donc. La dernière épreuve permettra de vous départager. Je vous attends aux portes du château, avec votre cheval.

Le Prince Noir, suivi par son écuyer, se dirige d'un pas décidé vers l'écurie.

Le Prince Blanc attend qu'il en ressorte pour l'imiter.

Le parchemin caché

– **V**ous avez bien compris ? Vous devez rapporter le parchemin caché en forêt dans l'antre du dragon ! Allez-y !

Les concurrents se lancent au galop. À l'orée de la forêt, ils se séparent.

Le Prince Blanc atteint rapidement l'antre du dragon.

Il connaît l'endroit, Lancelot l'y a déjà accompagné. Pourvu que son père n'ait pas oublié d'y déposer le message !

Il est là ! Le Prince Blanc le ramasse. Par acquit de conscience, il le déroule et lit :

Quatre poireaux bien dodus
pour la soupe de ce soir.
Des cuisses de chevreuil.
Une miche de pain pas trop cuit.
Une cruche de vin de paille et...

La liste des courses au village ! Son père s'est trompé de parchemin !

Mais où est donc passé le message destiné au vainqueur ? Sans lui, tout son plan s'écroule !

Très inquiet, le Prince Blanc retourne au château.

Le Prince Noir, déjà revenu, l'attend tranquillement. Il semble lui aussi avoir les mains vides.

– Alors, Prince Blanc, que nous rapportez-vous ? demande Thibaud.

– Rien. Et mon adversaire ?

Avant que le Prince Blanc puisse répondre, le battement d'ailes d'un oiseau les oblige tous à lever la tête.

Au-dessus d'eux, Têtenplume effectue un rond de reconnaissance. Ensuite, il pique vers le sol et se pose sur l'avant-bras du Prince Noir.

« Mais qu'est-ce qu'il fabrique ? » s'interroge le Prince Blanc.

Le Prince Noir déroule le parchemin qu'il a décroché de la patte du pigeon.

– Que se passe-t-il, chevalier ? demande Thibaud Têtenlère.

– Je crois que j'ai trouvé le parchemin que nous devions chercher, dit le Prince Noir d'une voix étrange. Puis-je le lire ?

– Faites.

Il commence.

– Messeigneurs, j'ai décidé d'épouser, puisqu'il est plein d'ardeur et de courage, cet homme que le sort…

Sous son heaume, Viviane ferme les yeux. C'est la catastrophe.

Elle s'est trompée aussi !

Elle n'a pas accroché le bon message à la patte de Têtenplume… Elle va devoir épouser le Prince Noir…

Soudain, des cris perçants obligent l'assistance à tourner la tête.

– Arrêtez ! C'est un scandale ! Je proteste ! À l'usurpateur !

Un prince de trop

Celui qui déboule en hurlant ne paie pas de mine. Vêtu d'un caleçon rapiécé et d'un tricot crasseux, il est aussi dépeigné qu'un hibou sous l'orage.

Pieds nus, il galope en direction de l'assemblée en agitant les mains au-dessus de la tête.

– C'est à moi de recevoir le parchemin et d'épouser Viviane Têtenlère ! déclare-t-il, essoufflé.

– Mais… qui êtes-vous ? lui demande la princesse Rose.

– Ça ne se voit pas ?

– Vous êtes un palefrenier ?

– Non ! éructe-t-il, je suis le Prince Noir !

– À la couleur de votre tricot, j'aurais pu le deviner…

Rose se tourne alors vers le chevalier qui s'apprête à recevoir le parchemin.

– Mais alors, qui est ce Prince Noir-là ?

Pour toute réponse, celui-ci soulève son heaume, révélant le visage de Gauvain.

Le cœur de Viviane s'affole.

Ses pensées se bousculent.

– Ce coquin m'a assommé, déshabillé et ligoté pour me voler mon armure, reprend le joufflu. Je suis le véritable Prince Noir et je réclame mon dû !

Rose balaie cette remarque de la main et se tourne vers Gauvain.

– C'est vous qui avez terminé les épreuves, c'est vous qui méritez d'en recevoir le prix. Lisez !

Le Prince Noir ne s'en laisse pas conter. Il bondit, saisit le parchemin, qui se déchire. Chacun des deux hommes en contemple une moitié, hébété.

– Ah ah ! ricane le Prince en caleçon, et maintenant, on fait quoi ? On partage aussi la princesse en deux ?

– Ne devait-on pas lire ce parchemin, ma dame ? propose alors Gauvain d'une voix calme.

– Si, admet Rose.

– Et respecter le message qu'il transmet ?

– En effet, dit-elle encore.

Il s'exécute.

Messeigneurs, j'ai décidé d'épouser cet homme que le sort désigne sachant que son armure abrite un noble écuyer. Le mariage sera prononcé avec celui qui aura ce parchemin en main et le lira.

Viviane Têtenlère

Entendant cela, le Prince en caleçon reste un moment bouche ouverte.

Le Prince Blanc, lui, a une réaction étonnante. Il se rue vers Thibaud et Rose, leur serre la main en bredouillant :

– Bon, j'ai perdu, il faut que je file, on m'attend. À la prochaine et bonjour à votre fille !

Puis il détale vers les portes du château en soulevant un nuage de poussière.

Un nouveau chevalier

Un autre nuage de poussière ne tarde pas à le remplacer, qui a semblé surgir des cuisines. Bientôt, Viviane, la robe froissée, les rubans au vent, se présente à eux.

– Alors, le résultat ? halète-t-elle.

– J'ai gagné, dit Gauvain.

– Vite, on se marie alors !

Ses parents se dévisagent, stupéfaits.

Thibaud, qui ressent le besoin urgent de s'éponger le front, fouille  sa chemise à la recherche d'un mouchoir.

Sa main rencontre un parchemin, qu'il déplie par réflexe. Il aurait gardé aussi longtemps sur lui la liste des courses ?

D'un coup d'œil, il vérifie.

Bientôt, son visage s'éclaire en lisant les premiers mots tracés de la main de sa fille Viviane : « Gauvain, cher amour, ne soyez pas inquiet, ces épreuves... »

D'un coup de coude, il alerte Rose qui comprend très vite la situation.

Pendant ce temps, le Prince Noir en caleçon, qui fulmine et trépigne toujours, revient à la charge.

– Mais ce mariage est impossible, crie-t-il, mon écuyer est un paysan !

– J'adore les légumes, dit Viviane.

– Mais il ne sait pas combattre.

– Je n'ai pas l'intention d'entrer en guerre avec lui.

– Mais il ne possède aucun château !

– Nous en construirons un !

– Mais ce n'est pas un chevalier !

– Ça peut s'arranger, intervient alors le chevalier Têtenlère.

Il ôte son épée du fourreau, fait s'agenouiller Gauvain et pose par trois fois sa lame sur les épaules de l'écuyer.

– Voilà, je l'ai fait chevalier !

– Dites donc, père, vous auriez pu me prévenir que ce n'est pas plus compliqué que ça ! lui glisse Viviane qui s'est approchée de lui. Si j'avais su…

– Normalement, ça l'est, murmure son père du bout des lèvres. Mais compte tenu des circonstances…

Puis, d'une voix forte, il lance :

– Pas d'autre objection ? Alors rendez-vous au mariage si le cœur vous en dit.

En maugréant, le Prince Noir en caleçon quitte le château.

Gauvain, qui a rejoint Viviane, la serre dans ses bras.

– Tu es fou d'avoir pris la place du Prince Noir !

– Je ne supportais pas l'idée que tu en épouses un autre.

Elle sourit.

– Je savais qu'un jour mon prince viendrait.

Gauvain lève les yeux au ciel et fait mine de réfléchir.

– Je ne peux pas en dire autant, lui répond-il en l'embrassant.

Retrouve
la famille Têtenlère dans :

LE CHEVALIER TÊTENLÈRE

LE FILS
DU CHEVALIER TÊTENLÈRE

L'auteur

Professeur des écoles et père d'une princesse et d'un écuyer, le chevalier **Stéphane Daniel** a écrit de nombreux livres, mais combien au fait? Dès qu'un de ses personnages est en difficulté, il vole à son secours. Et quand il jette son stylo au ciel, celui-ci, en retombant bien plus tard, se plante toujours sur le mot
FIN

Retrouvez la collection

SUR **WWW.RAGEOT.FR**

Achevé d'imprimer en France en août 2010
par l'imprimerie Clerc.
Dépôt légal : septembre 2010
N° d'édition : 5219 – 01